20809

Yo

AV ROY.

Sur son voyage de Guyenne.

A PARIS,

Chez Iᴠʟɪᴀɴ Iᴀᴄǫᴠɪɴ, ruë
dé la Harpe, à l'Homme Sauuage.

---

cIↃ. IↃc. xxɪ.

12

AV ROY.

Sur son voyage de Guyenne.

VIERGE par tout recerché,
Inuincible diuinité,
Belle & puiſſante verité,
Touſiours nous ſeras-tu cachée
Reuiens de ceſte obſcure nuict,
Où le ſilence te reduit,
Deeſſe de moy tant cherie,
Et viens paroiſtre dans mes vers:
Comme paroiſt la flatterie
En mille poëmes diuers.

A

C'eſt au recit des aduentures
De l'incomparable *LOVIS*,
Que tu peux de faicts inoüys
Eſtonner les races futures,
C'eſt pour luy que ſans t'offencer
Je veux vne œuure commencer :
Ou les flateurs auront la honte
Au rapport de ſes actions;
De voir que ta candeur ſurmonte
Leur art, & leurs inuentions.

Mais ô Deeſſe ie m'abuſe !
Helas, ie voy bien qu'il me faut
Commettre le meſme deffaut,
Dont les vers des autres i'accuſe :
Mon audace a trop entrepris,
Et recognois que mes eſcripts
Aux merueilles qu'ils vont d'eſcrite :
Comme les leurs ſeront tancez,
Ils le ſeront pour en trop dire,
Moy pour n'en dire pas aſſez.

Car de quel art peut-on aprendre
O Roy de noz Roys l'ornement,
De raconter fidelement
Ce que l'on ne peut point comprendre
Qui n'eſt pas contrainct d'aduoüer,
Qu'on ne peut dignement loüer
Ta fortune vrayement eſtrange,
Et par qui tes premiers combats
Ont porté ſi haut ta loüange
En vn âge encore ſi bas.

La gloire n'eſt iamais petite
D'vn Roy dont les bons mouuements
Succedent aux déportements
D'vn Prince de peu de merite :
Mais pour paroiſtre apres HENRY,
De qui le courage aguerry,
Au ſouſtien d'vne cauſe iuſte,
A touſiours braué le haʒard :
Faut-il pas eſtre ce qu'Auguſte
Fut autresfois apres Cæſar.

                                    A ij

Qui n'euſt penſé que ſes conqueſtes
Nous auoyent mis dedans vn port,
Et toutesfois apres ſa mort,
Nous auons veu tant de tempeſtes.
Que comme il ſemble a voir les coups,
Que ſa valeur a faict pour nous,
Qu'il ne te reſte rien à faire,
Pour rendre noſtre heur tout parfaict,
A voir tes œuures au contraire,
Il ſemble qu'il n'auoit rien faict.

Tous ſes ſoings & toutes ſes peines,
Qu'il euſt pour noſtre ſeureté
Sy tu ne l'euſſes imité,
N'euſſent elles pas eſté vaines,
Ne mourions nous pas auec luy
Sans ton aide & ſans ton apuy :
Ainſi ſans mantir ie puis dire,
Quoy qu'il fut tout noſtre ſouſtien,
Qu'il n'eſt pere de c'eſt Empire,
Que pour auoir eſté le tien.

O que cette Ame genereuse
Gouste maintenant dans les Cieux
Un plaisir bien delicieux,
A voir ta vie aduantureuse,
Quand elle lit dans les destins,
Que desia de tant de mutins
Ton bras à la trame coupee,
Par vn courage plus qu'humain,
Et veoit aussi bien son espee:
Comme son sceptre dans ta main.

Ce fut sans doute son Genie
Fatal aux esprits factieux,
Qui te rendit ambitieux,
D'aller combatre leur manie:
C'est esprit qui fut sans pareil,
T'inspira c'est heureux conseil
De t'en aller faire cognoistre
A ces courages obstinez,
Que peut la presence du Maistre
Sur des seruiteurs mutinez.

Iufqu'alors tes bras indomptables,
Auoyent defdaigné de s'armer,
Pour aller eux mefme calmer
Des tempeftes moins redoutables :
Mais en ceft extreme befoin,
Tu voulus en prendre le foin,
Pour y mettre vn remede extreme,
Et creus c'eft orage affez fort,
Pour meriter que ton bras mefme
Daignaft de nous mener à bort.

Ainfi quand la vaine entreprife
De ces Monftres audacieux,
Commença d'attaquer les Cieux,
Iupiter rit de leur fottife,
Et remit à Mars le foucy,
De les reduire à fa mercy :
Mais alors qu'il les vit refoudre
A faire leur dernier effort,
Luy mefme s'arma d'vne foudre,
Et luy mefme les mit à mort.

Vit -on iamais la felonie,
Nous alarmer ſi iuſtement ,
Et toutesfois ſi promptement ;
La viſmes nous iamais finie,
Ton ſeul regard euſt le pouuoir
De la ranger à ſon deuoir,
Et ſa cheute fut ſi ſondaine ,
Des qu'elle te vit arriuer ,
Que ta valeur euſt moins de peine?
A la vaincre qu'à la trouuer.

Iamais auecque tant de larmes,
La FRANCE n'auoit redouté,
Les effects de ſa cruauté ,
Comme en ces dernieres alarmes : ·
Elle croyoit à ceſte fois,
Que l'inconſtance des FRANÇOIS
Eſcumoit ſa derniere rage,
Et ſes ennemis triomphans
Penſoient luy voir faire naufrage
Dedans le ſang de ſes enfans.

Cette belle paix dont les villes
Prennent leur grace, & leurs beautez,
Fuyoit desia de tous coſtez
Au bruit de nos rages ciuilles,
Et colere du peu de cas
Que nous faiſons de ſes appas,
Quittant le doux air de la FRANCE,
Iuroit que ceſt ingrat ſeiour,
Apres une ſi dure offence,
Ne verroit iamais ſon retour.

Mais elle fut bien-toſt pariure,
Et des qu'elle t'euſt veu courir,
Pour l'aller toy-meſme querir,
Elle euſt oublié ceſte iniure,
Nous te la viſmes ramener,
Glorieuſe de retournér :
Mais eſtonnez en ce ſpeſtacle,
Noz yeux penſoyent eſtre pipez
Voyants par vn nouueau miracle,
Que Mars nous amenoit la paix.

Qui

Qui ne void ô Prince inuincible,
Au cours de tes prosperitez,
Qu'a tes Royalles qualitez :
Rien n'est desormais impossible,
Qui ne iuge sans passion,
Que ceste belle nation,
Qu'vn iniuste excés de licence,
Accabloit sans toy de mal'heur,
N'est pas mieux deuë à ta naissance,
Que tout le monde à ta valeur.

Toutes ces ames glorieuses,
Que la vertu faict renommer :
Se font aussi desestimer,
Par des qualitez vicieuses,
Apres auoir tant combattu
HERCVLE, de qui la vertu
Estoit icy bas sans egale,
Mit-il pas sa gloire au tombeau,
Quand pour côplaire aux yeux d'Omphale
Il changea sa masse en fuzeau,

B

Achille estoit vaillant & braue,
Il se perdoit en son courroux.
Alexandre vaillant & doux
De ses plaisirs estoit esclaue.
Ta gloire, ô Prince valeureux
A cest aduantage sur eux,
Qui t'oblige à suiure les traces,
En tous leurs desseins les plus hauts,
Que possedant les mesmes graces,
Tu n'as pas les mesmes deffauts.

Ordinairement la rudesse
Accompagne vn cœur indompté :
Comme vne parfaicte bonté
A volontiers quelque molesse :
Mais nous voyons que dans ton cœur,
Vne douce & masle vigueur,
Y faict vn meslange admirable,
Qui monstre à la rebellion,
Que ta clemence incomparable,
Est la clemence d'vn Lion.

On n'a iamais veu que ton ame
Ait rien aymé de vicieux,
Pour eftre agreable à tes yeux,
Il faut eftre exempt de tout blame
Auffi celuy que tu cheris,
Par deffus les plus fauoris
N'a t'il pas faict toufiours paroiftre,
Qu'il a tant de grace en foy,
Qu'a peine peut-on recognoiftre,
Qui l'ayme plus, le Ciel, ou toy.

L'oifiueté mere du vice
Ne corrompt iamais ton loifir :
Sy tu cours à quelque plaifir,
C'eft par quelque honnefte exercice,
Ton paffetemps eft de cercher
Les moyens de nous empefcher,
De fortir du port ou nous fommes,
Et par tes affidus trauaux,
Ou tu fauues la vie aux hommes,
Ou tu l'oftes aux animaux.

B ij

La candeur de ceſte ame ſaincte
De qui tu portes, ô grand Roy
Le nom, la couronne, & la foy,
En tes mœurs eſt toute depeinte
Imiter ſa deuotion
C'eſt ta premiere ambition,
Et le ſoin de ſuiure ſa route
En ton cœur eſt ſi bien empraint,
Qu'on ſera quelque iour en doute,
Qui des deux LOVYS eſt le ſaint.

Toy qui d'vne amour nompareille,
As iuſqu'icy guidé ſes pas?
O grand DIEV ne ſois iamais las,
D'aymer ceſte ieune merueille,
Donne à ſa rare pieté,
D'vne rare felicité:
Touſiours quelque nouuelle marque,
Et le ſoin que pour nous ſauuer,
Tu mis à faire ce Monarque,
Mets l'encore à le conſeruer.

Fay que ceſte Nymphe du Tagè,
Qui triomphe de ſon Amour,
Orne ſes graces chaſque iour,
De quelque nouuel aduantage :
Permets que les iours & les nuits,
Coulent pour Elle ſans ennuis,
Beny les douceurs de ſa couche
D'vn bon-heur qui n'ait point de fin,
Et ſi quelque douleur la touche
Que ce ſoit pour faire vn Dauphin.

Diſpoſe noſtre freneſie
A ſe laiſſer en fin guerir,
Ceſte folle humeur de perir
Dont nous auons l'ame ſaiſie,
Mets bas ſes perfides guerriers,
Qui pour s'acquerir des lauriers
Empeſchent nos iours d'eſtre calmes,
Et nous fay voir enſepuelis.
Tous ceux qui pour cueillir des palmes
OZent marcher deſſus des Lys.

Mais ô que mon erreur est grande
O destin? c'est mal à propos
Que pour fonder nostre repos
Tant de graces ie te demande,
Que *LOVYS* viue seulement,
C'est pour ce seul contentement,
Que desormais ie t'importune,
Daigne de le nous accorder,
Apres cela nostre fortune.
N'a plus rien à te demander.

DV

www.ingramcontent.com/pod-product-compliance
Lightning Source LLC
Chambersburg PA
CBHW061622180626
46818CB00005B/2193